सुरुचिपूर्ण एवं प्रेरक जीवनी

महान संत कवि
कबीर

अवधेश कुमार चौबे

हिन्द पॉकेट बुक्स
पेंगुइन रैंडम हाउस इम्प्रिंट

हिन्द पॉकेट बुक्स

यूएसए। कनाडा। यूके। आयरलैंड। ऑस्ट्रेलिया। सिंगापुर
न्यू ज़ीलैंड। भारत। दक्षिण अफ्रीका। चीन

हिन्द पॉकेट बुक्स, पेंगुइन रैंडम हाउस ग्रुप ऑफ़ कम्पनीज़ का हिस्सा है,
जिसका पता global.penguinrandomhouse.com पर मिलेगा

पेंगुइन रैंडम हाउस इंडिया प्रा. लि.,
चौथी मंजिल, कैपिटल टावर -1, एम जी रोड,
गुड़गांव 122 002, हरियाणा, भारत

पेंगुइन
रैंडम हाउस
इंडिया

प्रथम संस्करण हिन्द पॉकेट बुक्स द्वारा 2013 में प्रकाशित
यह संस्करण हिन्द पॉकेट बुक्स में पेंगुइन रैंडम हाउस द्वारा 2022 में प्रकाशित

10 9 8 7 6 5 4 3 2

ISBN 9789353494124

टाइपसेटिंग: स्कैनसेट, नई दिल्ली

मुद्रकः रेप्रो इंडिया लिमिटेड

www.penguin.co.in

This is a legitimate digitally printed version of the book and therefore might not have certain extra finishing on the cover.

हिन्द पॉकेट बुक्स

महान संत कवि
कबीर

ये बड़े-बड़ों की जीवनियां हैं, जिन्हें छोटों एवं किशोरों के लिए सजाया-संवारा गया है, ताकि इन्हें पढ़कर उनमें उनके जैसा बनने, ऊंचा उठने और दुनिया में बड़ा नाम कमाने की प्रेरणा जाग सके।

महान व्यक्तियों की ये जीवनियां बहुत आसान भाषा में और कहानियों की तरह रोचक ढंग से लिखी गई हैं। इसलिए इन्हें याद करने में भी बड़ी आसानी होगी।

संत भक्त कवियों में कबीर का दुनिया में कोई सानी नहीं। भारत में धर्म, भाषा या संस्कृति किसी की भी चर्चा कबीर के बिना अधूरी ही रहेगी। उनके सिद्धांत और शिक्षाएं भारतीय जीवन शैली का आधार हैं। उन्हीं संत कवि और समाज सुधारक की जीवनी यहां दी गई है, ताकि कबीर के जीवन-सार से रू-ब-रू हुआ जा सके।

क्रम

कबीर के माता-पिता

कबीर का जन्म

विक्रमी संवत 1455 की बात है। मुस्लिम आक्रांता सारे भारत को परवश कर चुके थे। हिन्दुओं को बड़े पैमाने पर मुसलमान बनाया जा रहा था। उन दिनों काशी में गौरी शंकर और सरस्वती नामक दंपति रहते थे। दोनों पति-पत्नी बड़े ही धार्मिक प्रवृत्ति के थे, इसलिए समाज में उनकी अच्छी प्रतिष्ठा थी।

मुसलमानों ने सोचा कि यदि इन्हें मुसलमान बना लिया जाए, तो इनके प्रभाव से साधारण हिन्दू तो स्वतः ही मुसलमान बन जाएंगे। इन्हें तरह-तरह की यातनाएं दी गईं, लेकिन गौरी शंकर और सरस्वती मुसलमान बनने को तैयार नहीं हुए। अन्त में मुसलमानों ने इनकी गौ की हत्या इनके ही घर में कर दी।

सभी ब्राह्मणों ने मिलकर एक पंचायत की। पंचायत में स्वामी रामानंद बोले, "गौरी शंकर तुम्हारे घर में गौ हत्या हुई है, क्या तुम इसका पाप अपने सिर पर लेते हो?"

"परन्तु गौ हत्या तो म्लेच्छों ने की है।" गौरी शंकर का उत्तर था।

"फिर भी हुई तो आपके ही घर में है। पाप तो हुआ ही है।"

"तो इस पाप का प्रायश्चित क्या है स्वामी जी।"

"एक हजार गाय ब्राह्मणों को दान करो।"

"परन्तु मैं ग़रीब, इतनी गाय कहां से लाकर दान करूं? मैं असमर्थ हूं।"

"तो तुम्हें धर्म एवं जाति से बहिष्कृत किया जाता है।"

इस प्रकार गौरी शंकर और सरस्वती को हिन्दू धर्म से बहिष्कृत कर दिया गया। उनके घर को आग लगा दी गई। किसी भी हिन्दू मोहल्ले में इन्हें रुकने नहीं दिया गया। जहां भी जाते लोग पत्थर मार-मार कर भगा देते। अंततः एक मुस्लिम फकीर की कुटिया में इन्हें शरण मिली।

बेचारे गौरी शंकर तथा सरस्वती विवश हो गए। दोनों ने इस्लाम स्वीकार कर लिया। मुसलमानों ने पुरुष का नाम नीरू तथा स्त्री का नाम नीमा रखा। पहले उनके पास जो पूजा आती थी उससे उनकी रोजी-रोटी चल रही थी, और जो कोई रुपया-पैसा बच जाता था वे उसका दुरुपयोग नहीं करते थे। उस बचे धन से धर्म-भण्डारा कर देते थे। अब पूजा आनी भी बंद हो गई। उन्होंने सोचा अब क्या करें? उन्होंने एक कपड़ा बुनने की खड्डी लगा ली और जुलाहे का कार्य करना प्रारम्भ कर दिया। कपड़ा बुन कर निर्वाह करने लगे। कपड़े की बुनाई से घर के खर्च के पश्चात जो पैसा बच जाता था, उसको भण्डारों में लगा देते थे। हिन्दू ब्राह्मणों ने नीरू-नीमा का गंगा घाट पर दरिया में स्नान करना भी बंद कर दिया था। कहते थे कि अब तुम मुसलमान हो गए हो।

गंगा दरिया का ही पानी लहरों के द्वारा उछल कर काशी में एक लहर तारा नामक बहुत बड़े सरोवर को भरे रखता था। उसमें बहुत निर्मल जल भरा रहता था, उसमें कमल के फूल उगे हुए थे।

उसी लहर तारा तालाब पर नीरू-नीमा सुबह-सुबह ब्रह्ममुहूर्त में स्नान करने के लिए प्रतिदिन जाया करते थे।

कहते हैं कि विक्रमी संवत 1455 ज्येष्ठ मास सुदी पूर्णमासी को ब्रह्ममुहूर्त में किसी विधवा स्त्री ने एक बालक को जन्म दिया। लोक-लाज के भय से वह उसे लहर तारा तालाब में फेंक आई। हालांकि कुछ लोग इस बात से सहमत नहीं। उनका कहना है कि सतलोक से एक दिव्य प्रकाश आया जो तालाब में बालक के रूप में बदल गया।

नीरू व नीमा प्रतिदिन की तरह उस दिन भी लहर तारा में स्नान करने जा रहे थे। रास्ते में नीमा ने प्रभु से प्रार्थना की कि हे भगवान शिव (क्योंकि वे भले ही मुसलमान बन गए थे, लेकिन अपनी वह साधना हृदय से नहीं भूल पा रहे थे, जो इतने वर्षों से कर रहे थे।) क्या आपके घर में हमारे लिए एक बच्चे की कमी पड़ गई? हमें भी एक लाल दे देते, हमारा जीवन भी सफल हो जाता। ऐसा कहकर फूट-फूट कर रोने लगी।

उसके पति नीरू ने कहा, "नीमा प्रभु की इच्छा पर प्रसन्न रहने में ही हित होता है। यदि ऐसे रोती रहेगी तो तेरा शरीर कमज़ोर हो जायेगा, आंखों से दिखना बंद हो जायेगा। हमारे भाग्य में संतान नहीं है।" ऐसा कहते-कहते वे लहर तारा तालाब पर पहुंच गए।

थोड़ा-थोड़ा अंधेरा था। नीमा स्नान करके बाहर आई। अपने कपड़े बदले। नीरू स्नान करने के लिए तालाब में प्रवेश करके गोते मार-मार कर नहाने लगा। नीमा जब स्नान करते समय पहना हुआ कपड़ा धोने के लिए दोबारा तालाब के किनारे पर गई, तब तक अंधेरा हट गया था। सूर्य उदय होने वाला ही था। नीमा ने तालाब में देखा कि सामने कमल के फूल पर कोई वस्तु हिल रही है। कबीर ने बच्चे के रूप में एक पैर का अंगूठा मुख में दे रखा था और एक पैर को हिला रहे थे। पहले तो नीमा ने सोचा कि शायद कोई सर्प न हो और मेरे पति की

कबीर का प्रकट होना

तरफ़ आ रहा हो। फिर ध्यान से देखा तो समझते देर न लगी कि ये तो कोई बच्चा है। बच्चा और कमल के फूल पर। एकदम अपने पति को आवाज़ लगाई कि देखना जी बच्चा डूबेगा, बच्चा डूबेगा।

नीरू बोला, "नादान तू बच्चों के चक्कर में पागल हो गई है। पानी में भी तुझे बच्चा नज़र आने लगा।"

"हां, वह सामने कमल के फूल पर देखो।" नीमा की ज़ोरदार आवाज़ से प्रभावित होकर जिस तरफ़ हाथ से संकेत कर रही थी, नीरू ने उधर देखा, एक कमल के फूल पर नवजात शिशु लेटा हुआ था। नीरू उस बच्चे को फूल समेत उठा लाए और नीमा को दे दिया। जैसे व्यक्ति गुड़ खाकर अन्य को उसके आनन्द को नहीं बता सकता, खाने वाला ही जान सकता है। जैसे मां प्यार करती है ऐसे शिशु कबीर के कभी मुख को चूमा, कभी सीने से लगा रही थी और फिर बार-बार उसके मुख को देख रही थी। इतने में नीरू स्नान करके बाहर आया। (क्योंकि मनुष्य समाज की तरफ़ ज़्यादा देखता है) उसने विचार लगाया कि न तो अभी मुसलमानों से हमारा कोई विशेष प्यार बना है और हिन्दू ब्राह्मण भी हमारे से द्वेष करते हैं। पहले इसी अवसर का लाभ मुसलमानों ने उठाया कि हमें मुसलमान बना दिया। हमारा कोई साथी नहीं है। यदि हम इस बच्चे को ले जाएंगे तो लोग पूछेंगे कि बताओ इस बच्चे के माता-पिता कौन हैं? तुम किसका बच्चा उठा कर लाए हो। इसकी मां रो रही होगी। हम क्या जवाब देंगे, कैसे बताएंगे? कमल के फूल पर बताएंगे तो कोई मानेगा नहीं। यह सर्व विचार करके नीरू ने कहा, "नीमा इस बच्चे को यहीं छोड़ दे।"[1]

"जी मैं इस बच्चे को नहीं छोड़ सकती। मेरे प्राण जा सकते हैं, मैं तड़प कर मर जाऊंगी। न जाने मेरे ऊपर इस बालक ने क्या जादू

कर दिया? मैं इसको नहीं छोड़ सकती।" नीरू ने नीमा को सारी बात समझायी कि हमारे साथ ऐसा बन सकता है।

नीमा ने कहा, "इस बच्चे के लिए मैं देश निकाला भी ले सकती हूं, परन्तु इसको नहीं छोडूंगी।" नीरू ने उसकी नादानी को देख कर सोचा कि यह तो पागल हो गई, समाज को भी नहीं देख रही है। नीरू ने नीमा से कहा कि मैं आज तक तेरी बात की अवहेलना नहीं की थी, क्योंकि हमारे बच्चे नहीं थे। जो तू कहती रही मैं स्वीकार करता रहा। परन्तु आज मैं तेरी यह बात नहीं मानूंगा। या तो इस बालक को यहीं पर रख दे, नहीं तो तुझे अभी दो थप्पड़ लगाता हूं। उस महापुरुष ने पहली बार अपनी पत्नी की तरफ़ हाथ किया ही था। उसी समय शिशु रूप में कबीर जोर-जोर से रोने लगा। नीरू को बालक पर दया आ गई और उन्होंने इसे अपना लिया।

ज्ञान की खोज

कबीर जब पांच वर्ष के हुए तो उसके माता-पिता उसे रामानंद से शिक्षा दिलाना चाहते थे, लेकिन एक मुसलमान को रामानंद ने पढ़ाने से इनकार कर दिया। यह बात बालक कबीर को अच्छी नहीं लगी, इसलिए उसने रामानंद को ही गुरु बनाने की ठान ली।

कबीर ने गुरु मर्यादा बनाए रखने के लिए एक लीला की। वे सुबह-सुबह अंधेरे में पंचगंगा घाट की पौड़ियों के ऊपर लेट गए, जहां पर स्वामी रामानंद जी प्रतिदिन स्नानार्थ जाया करते थे। रामानंद चारों वेदों के ज्ञाता और पवित्र गीता के विद्वान माने जाते थे। स्वामी रामानंद की आयु 104 वर्ष की हो चुकी थी। काशी में जो पाखण्ड पूजा दूसरे पंडितों ने चला रखी थी वह बंद करवा दी थी। रामानंद जी शास्त्र अनुकूल साधना बताया करते थे और पूरी काशी में अपने बावन दरबार लगाया करते थे। रामानंद पवित्र वेदों के आधार पर विधिवत् साधन बताते थे। ओम् और राम नाम के जाप का उपदेश देते थे।

उस दिन भी जब स्नान करने के लिए पंचगंगा घाट गए तो पौड़ियों पर कबीर लेटे हुए थे। सुबह ब्रह्ममुहूर्त के अंधेरे में स्वामी रामानंद को कबीर दिखाई नहीं दिए। कबीर के सिर में रामानंद जी के पैर की खड़ाऊं लग गई। कबीर ने जैसे बालक रोते हैं ऐसे रोना शुरू कर दिया। रामानंद तेजी से झुके और देखा कि कहीं बालक को चोट

कबीर गुरु के श्रीचरणों में

तो नहीं लग गई तथा प्यार से उठाया। उसी समय रामानंद के गले की कण्ठी (माला) निकल कर कबीर के गले में डल गई। रामानंद ने कहा कि बेटा राम-राम बोलो। राम के नाम से दुःख दूर हो जाते हैं, पुत्र राम-राम बोलो, कबीर के सिर पर हाथ रखा। बालक चुप हो गया। फिर रामानंद स्नान करने लग गए और सोचा कि बच्चे को आश्रम में ले चलूंगा, जिसका होगा उसके पास भिजवा दूंगा। रामानंद ने स्नान करके देखा तो बच्चा वहां पर नहीं है। कबीर को साधना के लिए राम नाम मिल गया था। कबीरदास हर समय अपने इसी इष्टदेव श्रीराम के पावन नाम का चिंतन किया करते थे। भक्तजनों को उपदेश देते हुए वह अक्सर कहते कि जो व्यक्ति सत्य और सदाचार का पालन करते हुए भगवान के नाम का स्मरण करता है, उसे कभी पाप और नरक से भयभीत नहीं होना चाहिए। कबीरदास ने अपनी साखियों में ग़रीबों, असहायों और अपाहिजों के प्रति दया भाव और करुणा रखने तथा कर्मकांडों और आडंबरों से दूर रहने की प्रेरणा दी।

एक दिन स्वामी रामानंद का कोई शिष्य कहीं पर सत्संग कर रहा था। कबीर वहां पर चले गए। वह ऋषि श्री विष्णु पुराण की कथा सुना रहा था। वह कह रहा था कि भगवान विष्णु जी सारी सृष्टि के रचनहार हैं, यही पालनकर्ता हैं, यही राम और कृष्ण रूप में अवतार आने वाली परम शक्ति हैं, अजन्मा हैं, श्री विष्णु जी के कोई माता-पिता नहीं हैं। कबीर ने यह सारी चर्चा सुनी। सत्संग के उपरान्त कबीर ने कहा, "ऋषिवर क्या मैं एक प्रश्न पूछ सकता हूं?"

"हां बेटा! पूछो।" वहां सैकड़ों की संख्या में भक्तजन उपस्थित थे।

"आप विष्णु पुराण से सत्संग सुना रहे थे कि श्री विष्णु जी परमशक्ति हैं, इन्हीं से ब्रह्मा और शिव की उत्पत्ति हुई है।"

"मैं जो सुनाता हूं, विष्णु पुराण में ऐसा ही लिखा हुआ है।"

"ऋषिवर मैंने तो आपसे संशय निवारण के लिए प्रार्थना की है आप क्षुब्ध मत होईये। एक दिन मैंने – शिव पुराण सुना था। उसमें वह महापुरुष सुना रहे थे कि भगवान शिव से विष्णु और ब्रह्मा की उत्पत्ति हुई है। देवी भागवत के तीसरे स्कंद में लिखा है कि देवी इन तीनों ब्रह्म-विष्णु-शिव की मां है। ये तीनों नाशवान हैं, अविनाशी नहीं हैं।"

ऋषिवर निरुत्तर हो गए, परन्तु क्रोधित होकर बोले, "तू कौन है? किसका पुत्र है?" कबीर से पहले ही दूसरे भक्तजन कहने लगे कि यह तो नीरू जुलाहे का पुत्र है।

स्वामी रामानंद का शिष्य कहने लगा कि तूने गले में कण्ठी कैसे डाल रखी है? (विष्णु व साधु तुलसी का एक मणिये की माला गले में डालते हैं, उससे यह प्रमाणित होता है कि इन्होंने विष्णु परंपरा से उपदेश ले रखा है।) "तेरा गुरुदेव कौन है?"

कबीर ने कहा, "मेरे गुरुदेव वही हैं, जो आपके गुरुदेव हैं।"

वह ऋषि बहुत क्रोधित हो गया तथा बोला, "रे नादान! तू अछूत जुलाहे का बच्चा और मेरे गुरुदेव को अपना गुरुदेव बताता है। मेरे गुरुदेव का पता है कौन हैं? श्री श्री 1008 पंडित रामानंद जी आचार्य। तू जुलाहे का बालक, वे तो तेरे जैसे अछूतों के दर्शन भी नहीं करते और तू कह रहा है कि मैंने उनसे नाम लिया है। देख लो भाई भक्तजनों यह झूठा, कपटी है। अभी गुरुदेव के पास जाऊंगा और उनको तेरी सारी कहानी बताऊंगा। तू छोटी जाति का बच्चा हमारे गुरुदेव की बेइज्जती करता है।"

"ठीक है गुरुदेव जी को बताओ।" कबीर ने कहा।

उस ऋषि ने जाकर रामानंद बताया कि गुरुदेव जुलाहे जाति का

एक लड़का है। उसने तो हमारी नाक काट दी। वह कहता है कि स्वामी रामानंद जी मेरे गुरुदेव हैं। हे भगवन्! हमारा तो बाहर निकलना दूभर हो गया।

स्वामी रामानंद ने अपने शिष्य से कहा, "कल सुबह उसको बुला कर लाओ। कल देखना तुम्हारे सामने मैं उसको कितना दण्ड दूंगा।"

अगले दिन सुबह-सुबह कबीर को दस नादान व्यक्तियों ने पकड़ कर रामानंद के सामने उपस्थित कर दिया। रामानंद ने यह दिखाने के लिए कि मैं कभी छोटी जाति वालों के दर्शन भी नहीं करता, यह झूठ बोल रहा था कि इसने मेरे से दीक्षा ली है, आगे पर्दा लगा लिया। रामानंद ने पर्दे के पीछे से पूछा कि तू कौन है और तेरी क्या जाति है? तेरा कौन सा पंथ है, अर्थात् किस परमात्मा की पूजा करता है?

कबीर ने कहा —

जाति हमारी जगतगुरु, परमेश्वर पद पंथ।
दास ग़रीब लिखति परै, नाम निरंजन कंत॥

यदि मेरी जाति पूछ रहे हो तो मैं जगतगुरु हूं।" मेरा पंथ क्या है? इसके उत्तर में कबीर ने कहा, "मेरा परमेश्वर पंथ है। ईश, ईश्वर, परमेश्वर (ब्रह्म, परब्रह्म, पूर्णब्रह्म तथा क्षर पुरुष, अचर पुरुष, परम अक्षर पुरुष) मैं उस सर्वोच्च शक्ति परमेश्वर का मार्गदर्शन करने आया हूं, जो अनन्त कोटि ब्रह्मांड के रचयिता और धारक-पोषण करने वाले हैं।" इस बात को सुनकर स्वामी रामानंद बहुत क्षुब्ध हो गए तथा कहा, "रे निकम्मे! तू छोटी जाति का और छोटा मुंह बड़ी बात। तू अपने आप भगवान बन बैठा।"

"हे गुरुदेव! आप मेरे गुरुजी हैं। आप मुझे गाली भी दें तो भी मुझे आनन्द आएगा। लेकिन मैं जो आपको कह रहा हूं, मैं ज्यों-का-त्यों पूर्णब्रह्म ही हूं, इसमें कोई संशय नहीं है। अहम् ब्रह्मास्मि।"

"ठहर जा तेरी लम्बी कहानी बनेगी, तू ऐसे नहीं मानेगा। मैं पहले अपनी पूजा कर लेता हूं।" रामानंद ने आगे कहा, "इसको बैठाओ मैं पहले अपनी कुछ क्रिया रहती है वह कर लेता हूं, बाद में इससे निपटूंगा।"

स्वामी रामानंद जी क्या क्रिया करते थे? भगवान विष्णु जी की एक मूर्ति बनाते थे। फिर स्वच्छ कपड़े भगवान ठाकुर को पहना कर गले में माला डालकर, तिलक लगाकर मुकुट रख देते थे। रामानंद जी ने भगवान की कलात्मक मूर्ति बनाई। श्रद्धा से जैसे नंगे पैरों जाकर अपने आप ही गंगा जल लाए हों, ऐसी अपनी भावना बनाकर ठाकुर जी को स्नान करवाया तथा नए वस्त्र पहना दिए। तिलक लगा दिया, मुकुट रख दिया और कण्ठी (माला) डालनी भूल गए। यदि कण्ठी न डालें तो पूजा अधूरी और मुकुट रख दिया, तो पुनः उसे उतारा नहीं जा सकता। यदि उसी दिन मुकुट उतार दें, तो पूजा खण्डित मानी जाती है। स्वामी रामानंद जी अपने आप को कोस रहे थे कि इतना जीवन हो गया मेरा, कभी भी ऐसी गलती जीवन में नहीं बनी थी। प्रभु आज क्या गलती बन गई मुझ पापी से? यदि मुकुट उतारूं तो पूजा खण्डित। उसने सोचा कि चल मुकुट के ऊपर से कण्ठी (माला) डाल कर देखता हूं। मुकुट में माला फंस गई आगे नहीं जा रही थी। तब रामानंद जी ने सोचा अब क्या करूं? हे भगवन्! आज तो मेरा सारा दिन व्यर्थ गया। आज की मेरी भक्ति कमाई व्यर्थ गई (क्योंकि जिसको परमात्मा की कसक होती है, उसका एक नित्य नियम भी रह जाए, तो उसको दर्द बहुत होता है। जैसे इंसान की जेब कट जाए और फिर बहुत पश्चाताप करता है। ऐसे ही प्रभु के सच्चे भक्तों को इतनी लगन होती है।) इतने में कबीर ने कहा, "स्वामी जी माला की घुण्डी खोलो और गले में डाल दो। फिर गांठ लगा दो, मुकुट उतारना नहीं पड़ेगा।" अब रामानंद जी

गुरु-शिष्य मिलाप

काहे के मुकुट उतारे था, काहे की गांठ खोले था। कुटिया के सामने लगा पर्दा भी स्वामी रामानंद ने अपने हाथ से उतार फेंक दिया और सारे ब्राह्मण समाज के सामने कबीर को सीने से लगा लिया।

रामानंद ने कहा, "कबीर! आपका तो इतना कोमल शरीर है जैसे रूई हो और मेरा तो पत्थर जैसा शरीर है। एक तरफ़ तो प्रभु खड़े हैं और एक तरफ़ जाति व धर्म की दीवार है। प्रभु चाहने वाली पुण्यात्माएं धर्म की बनावटी दीवार को तोड़ना श्रेयकर समझती हैं।" वैसा ही स्वामी रामानंद ने किया।

अब रामानंद प्रायश्चित का महत्त्व समझ चुके थे। इसके बाद स्वामी रामानंद के सत्संग के लिए राजा से लेकर साधारण भक्त तक आने लगे थे। एक दिन राजा दिव्यांशु सपरिवार सत्संग के लिए आए हुए थे। एक व्यक्ति ने उन्हीं के समक्ष प्रश्न किया, "महात्मा, मैंने कुसंगति में पड़कर अनेक अपराध किए हैं। मैं पापों से हर क्षण भयभीत रहता हूं। कई बार मन में आता है कि आत्महत्या कर पापों से मुक्ति पा लूं।"

स्वामी जी ने कहा, "मानव जीवन बड़े भाग्य से मिलता है। इसे सत्संग में लगाना चाहिए। कुसंग के कारण पाप कर्म होना स्वाभाविक है। सबसे पहले कुकर्मियों का संग न करने का संकल्प लो। भविष्य में गलत कार्य न करो। प्रायश्चित से मन शुद्ध हो जायेगा।"

राजा ने यह बात सुनी, तो उसके मन में जिज्ञासा पैदा हुई कि प्रायश्चित से मन की शुद्धि कैसे हो सकती है? वह दूसरे दिन स्वामी जी के पास जा पहुंचा। उसने प्रश्न किया, "महाराज, प्रायश्चित से मन की शुद्धि व पापों से मुक्ति कैसे मिल सकती है?"

स्वामी जी बोले, "हमारे साथ भ्रमण के लिए चलो।" वह राजा को नदी किनारे ले गए। नदी के एक किनारे का पानी सड़ गया था। उससे बदबू आ रही थी। स्वामी जी ने पूछा, "राजन, यह जानते हो कि यह पानी क्यों सड़ गया है?"

राजा ने कहा, "महात्मन् जल का प्रवाह रुकने के कारण पानी सड़ गया है।"

रामानंद ने कहा, "जिस प्रकार वर्षा का पानी या पानी का वेग सड़े पानी को धकेलकर साफ कर देता है, उसी प्रकार प्रायश्चित मन व हृदय के विकारों को बहाकर ले जाता है। सत्संग से ही पाप कर्मों का अंत होता है।"

कबीर का समाज सुधार

रामानंद के गले लगाने के बाद धीरे-धीरे कबीर की ख्याति चारों ओर फैल गई। वे अपनी बातों को प्रभावी ढंग से रखते थे। उन्हें तुकबंदी की कला जन्मजात मिली थी। इसलिए वे अपनी बात काव्यात्मक ढंग से कहने लगे, क्योंकि काव्य में कही गई बातों का समाज पर ज़्यादा प्रभाव पड़ता था। कबीर परमार्थ में विश्वास रखते थे। वे तेरा-मेरा कहने वाले को तो कोसते थे।

भूला लोक कहै घर मेरा।
जो घरवा में फूल डोले
सो घर नाहीं तेरा।

हाथी घोड़ा, बैल खजाना
संग्रह कियो घनेरा।

बस्ती में से दियो खदेरा
जंगल कियो बसेरा।

गांठी बांधी खरच न पठयो
बहुरि कियो नहिं फेरा।

बीबी बाहर हरम महल में

बीच मियां का डेरा।

नौ मन सूत अरुझि नहिं सूझे
जनम जनम अरुझेंरा।

कहत कबीर सुनो हो सन्तो
यह पद करो निवेरा।

भीखमंगों, मांगने-खानेवाले साधुओं-फकीरों तथा जोगियों आदि की तथाकथित असांसारिकता पर भी कबीर साहब करारे व्यंग्य कसा करता था –

सती न पीसे पीसना
जो पीसे सो रांड।
साधु भीख न मांगई।
जो मांगे सो भांड।

कबीर स्वयं अपने जीवन-भर मेहनत की कमाई खाता रहा तथा अपने ही अनुभवों से ज्ञान प्राप्त करता हुआ काव्य साधना करता रहा, इसलिए वह उन तथाकथित ज्ञानियों को भी आड़े हाथों लेता था, जो पढ़े-पढ़ाए जूठे ज्ञान को उगलते रहते थे – शास्त्रार्थ के नाम पर वह कहा करता था –

मेरा तेरा मनुआं
कैसे एक होई रे!

मैं कहता हूं आंखन देखी
तू कहता कागद की लेखी।

मैं कहता सुरझावन हारी
तू राख्यो अरुझाई रे।

मैं कहता तू जागत रहियो
तू कहता है सोई रे।
मैं कहता निर्मोही रहियो
तू जाता है मोही रे।
जुगन-जुगन समझावत हारा
कहा न मानत कोई रे।
तू तो रंडी फिरे बिहंडी
सब धन डारे खोई रे।

ज्यों-ज्यों उनकी ख्याति बढ़ती गई, उनके विरोधी भी बढ़ते गए।

उन्हें शास्त्रार्थ की चुनौती दी जाने लगी, लेकिन जितना विरोध होता, भक्तों की संख्या भी उसी संख्या में बढ़ने लगी।

एक सर्वानन्द नाम के महर्षि थे। उसकी माता शारदा देवी किसी रोग से पीड़ित थी। उसने सर्व पूजाएं व जन्त्र-मन्त्र कष्टनिवारण के लिए वर्षों किए। शारीरिक पीड़ा निवारण के लिए वैद्यों की दवाईयां भी खाई, परन्तु कोई राहत नहीं मिली।

उसने उस समय के महर्षियों से उपदेश भी प्राप्त किया, परन्तु सर्व महर्षियों ने कहा कि बेटी शारदा यह आप का पाप कर्म दंड पूर्व जन्म के कर्म का है, यह क्षमा नहीं हो सकता, यह भोगना ही पड़ता है। भगवान श्री राम ने बाली का वध किया था, उस पाप कर्म का दण्ड श्री राम (विष्णु) वाली आत्मा ने श्री कृष्ण बनकर भोगा। श्री बाली वाली आत्मा शिकारी बनी। जिसने श्री कृष्ण के पैर में विषाक्त तीर मार कर वध किया।

इस प्रकार गुरु जी व महन्तों एवं संतों-ऋषियों के विचार सुनकर

सर्वानंद

दुःखी मन से भक्तमति शारदा अपना प्रारब्ध पाप-कर्म का कष्ट रो-रो कर भोग रही थी। एक दिन किसी निजी रिश्तेदार के कहने पर काशी में कबीर से उपदेश प्राप्त किया। कबीर ने उन्हें कोई जड़ी-बूटी दे दी, जिससे वे ठीक हो गई। इस कारण शारदा कबीर की भक्त बन गई।

महर्षि सर्वानन्द को जो भक्तमति शारदा का पुत्र था, शास्त्रार्थ का बहुत चाव था। उसने अपने समकालीन सर्व विद्वानों को शास्त्रार्थ करके पराजित कर दिया। फिर सोचा कि जन-जन को कहना पड़ता है कि मैंने सर्व विद्वानों पर विजय प्राप्त कर ली है, क्यों न अपनी माता जी से अपना नाम सर्वाजीत रखवा लूं। यह सोच कर अपनी माता शारदा के पास जाकर प्रार्थना की, "माता जी मेरा नाम बदल कर सर्वाजीत रख दो।"

"बेटा सर्वानन्द क्या बुरा नाम है?"

"माता जी मैंने सर्व विद्वानों को शास्त्रार्थ में पराजित कर दिया है, इसलिए मेरा नाम सर्वाजीत रख दो।"

"बेटा तू एक विद्वान मेरे गुरु महाराज कबीर को भी पराजित कर

दे, फिर अपने पुत्र का नाम आते ही मैं सर्वाजीत रख दूंगी।" माता के ये वचन सुन कर सर्वानन्द पहले तो हंसा, फिर कहा, "माता जी आप भी भोली हो। वह जुलाहा (धाणक) कबीर तो अशिक्षित है। उसको क्या पराजित करना? अभी अभी आया।"

महर्षि सर्वानन्द जी शास्त्रों को एक बैल पर रख कर कबीर की झोंपड़ी के सामने गया। कबीर की धर्म की बेटी कमाली पहले कुएं पर मिली, फिर द्वार पर आकर कहा, "आओ महर्षि जी यही है कबीर का घर।" सर्वानन्द ने कमाली से अपना लोटा पानी से इतना भरवाया कि यदि जरा-सा जल और डाले तो बाहर निकल जाए तथा कहा, "बेटी यह लोटा धीरे-धीरे ले जाकर कबीर को दे तथा जो उत्तर वह देवें वह मुझे बताना।" लड़की ने ऐसा ही किया। कमाली द्वारा लाए लोटे में कबीर ने एक कपड़े सीने वाली बड़ी सुई डाल दी, कुछ जल लोटे से बाहर निकल कर पृथ्वी पर गिर गया तथा कहा, "पुत्री यह लोटा श्री सर्वानन्द को लौटा दो।" लोटा वापिस लेकर आई लड़की कमाली से सर्वानन्द ने पूछा, "क्या उत्तर दिया कबीर ने?" कमाली ने कबीर द्वारा सुई डालने का वृतांत सुनाया। तब महर्षि सर्वानन्द ने कबीर के पास जाकर पूछा, "आपने मेरे प्रश्न का क्या उत्तर दिया?"

कबीर ने पूछा, "क्या प्रश्न था आपका?"

सर्वानन्द महर्षि ने कहा, "मैंने सर्व विद्वानों को शास्त्रार्थ में पराजित कर दिया है। मैंने अपनी माता जी से प्रार्थना की थी कि मेरा नाम सर्वाजीत रख दो। मेरी माता जी ने आपको पराजित करने के पश्चात मेरा नाम परिवर्तन करने को कहा है। आपके पास लोटे को पूर्ण रूपेण जल से भर कर भेजने का तात्पर्य है कि मैं ज्ञान से ऐसे परिपूर्ण हूं जैसे लोटा जल से। इसमें और जल नहीं समाएगा, वह बाहर ही गिरेगा अर्थात मेरे साथ ज्ञान चर्चा करने से कोई लाभ नहीं होगा। आपका

कबीर द्वारा सर्वानंद को हराना

ज्ञान मेरे अन्दर नहीं समाएगा, व्यर्थ ही थूक मथोगे। इसलिए हार लिख दो, इसी में आपका हित है।"

कबीर ने कहा, "आपके जल से परिपूर्ण लोटे में लोहे की सुई डालने का अभिप्राय है कि मेरा ज्ञान (तत्वज्ञान) इतना भारी (सत्य) है कि जैसे सुई लोटे के जल को बाहर निकालती हुई नीचे जाकर रुकी है। इसी प्रकार मेरा तत्वज्ञान आपके असत्य ज्ञान को निकाल कर आपके हृदय में समा जाएगा।"

इस प्रकार कबीर ने एक विद्वान को सरलता से ज्ञान का भान करा दिया था।

कबीर अंधभक्ति एवं मूर्तिपूजा में विश्वास नहीं रखते थे। एक

बार एक मंदिर के गुसाईंजी महाराज पर छींटा कसते हुए कबीर ने कहा था –

ऐसी दुनिया भई दिवानी
भक्ति भाव नहिं बूझे जी,
कोई आवे तो बेटा मांगे
यही गुसांईं दीजे जी।

कोई आवे दुःख का मारा
हम पर किरपा कीजे जी,
कोई आवे तो दौलत मांगे
भेंट रुपैया लीजे जी
कोई करावे ब्याह सगाई
सुनत गुसांईं रीझे जी,
सांचे का कोई गाहक नाहीं
झूठे जगत पतीजे जी।

कहे कबीर सुनो भाई साधो
अन्धों का क्या कीजे जी!

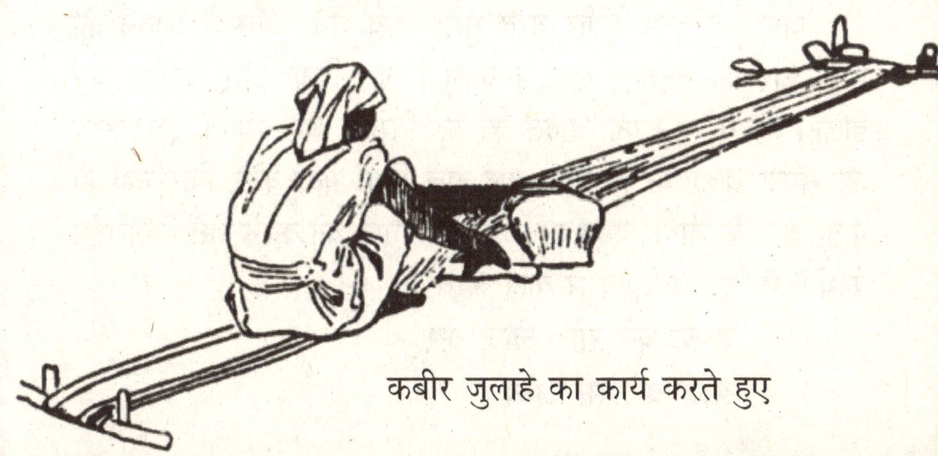

कबीर जुलाहे का कार्य करते हुए

संत कबीर किसी की बुराई उसके मुख पर ही कह देते थे। एक दिन कबीर गंगा-घाट पर घूम रहे थे। घाट पर कुछ युवतियां स्नान कर रही थीं और किनारे बैठा श्रीकृष्ण मंदिर का पुजारी पालथी मारे माला फेर रहा था। लेकिन पुजारी की नज़रें स्नान कर रही युवतियों पर फिसली जा रही थीं। कबीर ने व्यंग्य कसा —

माला फेरत जुग भया फिरा न मन का फेर,
कर का मनका डारि दे मन का मनका फेर।

कबिरा माला मनहिं की और संसारी भेख,
माला फेरे हरि मिलैं गले रहंट के देख।

माला तो कर में फिरे जीभ फिरे मुंह माहिं,
मनवा तो दहुं दिसि फिरे यह तो सुमिरन नाहिं।

फिर कबीर थोड़ा आगे बढ़े तो उन्होंने देखा, एक घाट पर पिंडदान कराया जा रहा था। एक पंडा कुछ लागों के सिर मुंड़वा रहा था।[2] कबीर ने कहा —

मूड़ मुंड़ाये हरि मिले सब कोई लेओ मुंड़ाय,
बार-बार के मूंड़ते भेड़ न बैकुंठ जाय।

जाट की तरह कबीर तुरंत बुद्धि जीव थे। कबीर ने जीवन की हर पुकार को तत्काल सुना, तत्काल निर्णय लिया और तत्काल कर डाला। टालते रहने की आदत का वह विरोधी था; क्योंकि इस रहस्य को समझ चुका था कि एक बार टाल दिया गया काम फिर नहीं हो पाता, क्योंकि जीवन बहुत छोटा है और मनुष्य को करने होते हैं असंख्य कार्य। इसलिए वह अक्सर कहा करते थे —

काल्ह करे सो आज कर
आज करे सो अब्ब

खड्डी चलाते हुए कबीर

पल में परलै होयगी
बहुरि करेगा कब्ब!

वे अत्यंत मेहनती थे। दिन-भर मेहनत से कपड़ा बुनकर ईमानदारी से जो कुछ वह कमा पाता था, उसी कमाई में उसने स्वयं जीवन-भर अपना तथा अपने परिवार का पेट भरा। यही कारण था कि उसे सदा मानसिक शान्ति मिलती रही। कबीर संतोष को ही परम सुख मानते थे। इसीलिए तो उन्होंने कहा है –

रूखी-सूखी खाय के
ठंडा पानी पीव,
देख बिरानी चूपड़ी
मत ललचावे जीव।

कबिरा साईं मुज्झ को
रूखी रोटी देय,
चुपड़ी मांगत मैं डरूं
रूखी छीन न लेय।

आधी और रूखी भली
सारी सों सन्ताप,
जो चाहेगा चूपड़ी
बहुत करेगा पाप।

लोभ और लालच बहुत बुरी बला होती है। ये अधर्म का मार्ग प्रशस्त करते हैं, इसलिए त्याज्य हैं। कबीर की यह मान्यता थी कि ढोंगियों की भीड़ में कोई बिरला व्यक्ति ही इस लालच से बचा रह सकता है और जो रह सकता है वही साधु है। वे साधु स्वभाव वाले व्यक्ति की सिंह, हंस, लाल, चन्दन, मोती आदि से तुलना करते हुए कहा करते थे –

सिंहों के लंहड़े नहीं
हंसों की नहिं पांत,
लालों की नहिं बोरियां
साधु न चले जमात।

सब बन तो चन्दन नहीं

सूरा का दल नाहिं,
सब समुद्र मोती नहीं
यों साधु जग मांहि।

कबीर मानते थे कि कीचड़ के समान इस संसार में कमल बनना आसान नहीं। लोगों को उपदेश देना बड़ा आसान है, लेकिन स्वयं उन पर अमल करना बड़ा ही कठिन है। कबीर दूसरों को जो उपदेश देते थे, उन शिक्षाओं का पहले वह स्वयं अनुकरण करते थे। वे कड़ी मेहनत करते थे। दिनभर हथकरघा चलाते थे और लोगों को भी मेहनत करने की प्रेरणा देते थे और इसके बाद धर्म और समाज-सुधार की बातें आती थीं। लोगों पर उनकी बात का बड़ा ही प्रभाव पड़ता था। यही कारण है कि देशभर में उनके शिष्यों की संख्या बड़ी तेजी से बढ़ रही थी। मन को बहुत मजबूत करके चलना पड़ता है तथा पग-पग पर त्याग करना होता है —

साध कहावन कठिन है
लम्बा पेड़ खजूर,
चढ़ तो चाखे प्रेम-रस
गिरे तो चकनाचूर।

वृक्ष कबहुं नहिं फल भखे
नदी न संचय नीर,
परमारथ के कारने
साधु न धरा सरीर।

कबीर परमार्थ को ही असली धर्म मानते थे, क्योंकि परमार्थ करने के लिए स्वार्थ को त्यागना पड़ता है और स्वार्थ को छोड़ने के लिए मन को मारना पड़ता है। बिना मन मारे जो साधु का चोला पहन लेते हैं।

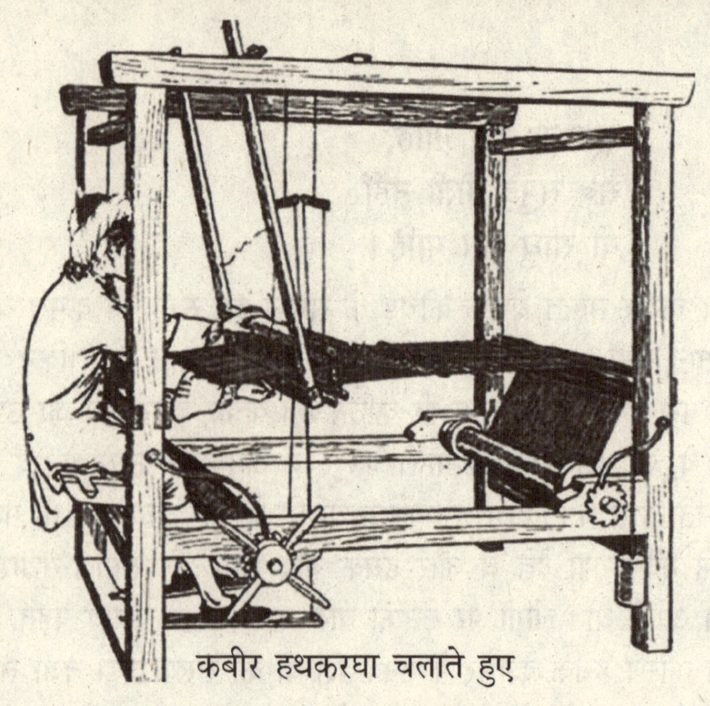
कबीर हथकरघा चलाते हुए

उन्हीं को लताड़ते हुए कबीर कहा करते थे —

साधू भया तो क्या भया
माला पहिरी चार,
बाहर भेस बनाइया
भीतर भरी भंगार।

माला-तिलक लगाइके
भक्ति न आई हाथ
दाढ़ी मूंछ मुंड़ाइके
हुआ घोटमघोट।

मन को क्यों नहिं मूंड़िए
जामें भरिया खोट,
केसन कहा बिगारिया

जो मूंडो सौ बार।
मन को क्यों नहिं मूंड़िए
जामें विषय विकार,
बांबी कूटें बावरे
सांप न मारा जाय।
मूरख बांबी ना डसे
सर्प सबन को खाय।

कबीर अपने समय के सबसे बड़े समाज सुधारक थे। वे दीन-दुखियों की सेवा में विश्वास रखते थे और परोपकार को ही ईश्वर की पूजा मानते थे, इसलिए वे कर्मकांड करने वालों पर कड़ा कटाक्ष किया करते थे। कर्मकांडी उन्हें कतई पसंद नहीं थे। मूर्ति-पूजा और कर्मकांड के घोर विरोधी थे। कबीर मूर्तिपूजा को अवनति का कारण मानते थे –

सन्तो देखो जग बौराना।
सांच कहो तो मारन धावे
झूठे जग पतियाना।
नेमी देखे धरमी देखे
प्रात करहिं असनाना।
आतम मार पाषाणहिं पूजें
उनमें कछू न ज्ञाना।
बहुतक देखे पीर औलिया
पढ़े किताब कुराना।
कै मुरीद तदबीर बतावे

उनमें उहै गियाना।

आसन मारि डिम्भ धरि बैठे
मन में बहुत गुमाना।

पीतर पाथर पूजन लागे
तीरथ गरब भुलाना।

माला पहिरे टोपी दीन्हें
छाप तिलक अनुमाना।

साखी सब्दै गावत भूले
आतम खबर न जाना।

कह हिन्दू मोंहि राम पिआरा
तुरुक कहै रहिमाना।

गुसांई से शास्त्रार्थ

आपस में दोउ लरि-लरि मूए
मरम न काहू जाना।

कबीर ने जिस गुसांई पर व्यंग्य कसे थे, वह तभी से खार खाए बैठा था। कबीर के शिष्यों की संख्या बढ़ती देखकर तो उसके सीने पर सांप लौटने लगे थे। वह यह भी जानता था कि योगियों का एक दल कबीर के खून का प्यासा घूम रहा था। एक दिन गुसांई ने उन योगियों को अपने मंदिर में बुलवाया तथा बैठक करके योजना बनाई कि कबीर को संदेशा भेजकर किसी बहाने मंदिर में बुला लिया जाए। एक सेवक

को कबीर के पास भेजा गया। मंदिर में उस समय काफी भीड़ जुटी हुई थी। कई लोग असमंजस की स्थिति में भी थे। इधर कबीर के चेलों में से कुछ पहले से ही कबीर के पास दौड़ पड़े थे। जाकर उसे मना किया कि संदेशा मिलने पर वह वहां न जाए। वस्तुस्थिति जानकर कबीर ने बेधड़क होकर कहा –

खुल खेलो संसार में बांधि न सक्के कोय,
जाको राखे सांइयां मारि न सक्के कोय।

गुसांईं का सेवक मंदिर आ पहुंचा था। कबीर के चेले पहले ही उसे सूचना दे चुके थे कि मंदिर में जोगियों का दल जमा हुआ है तथा सुलफे-गांजे के दम लग रहे हैं। कबीर ने सेवक को कहा –

डर लागे हांसी आवे
अजब जमाना आया रे!
धन-दौलत ले माल खजाना
वेश्या नाच नचाया रे!
मुट्ठी अन्न साध कोउ मांगे
कहें नाज नहिं आया रे!
कथा होत तहं स्रोता सोवें
वक्ता मूंड़ पचाया रे!
होय जहां कहिं स्वांग तमासा
तनिक न नींद सताया रे!
भंग तमाखू सुलफा गांजा
सूखा खूब उड़ाया रे!

संदेशवाहक ने जब गुसांईं तथा योगियों को जाकर कबीर का नया

पद सुनाया तो वे लोग क्रोध में भरकर कबीर के घर पर धावा बोलने चल पड़े। नाथपंथी जोगियों का समूह जब 'अलख निरंजन' करता हुआ कबीर के घर के सामने आ डटा तो कबीर ने आगे बढ़कर मुस्कुराते हुए कहा –

अवधू भजन भेद है न्यारा।
क्या गाये क्या लिखि बतलाए, क्या भरमे संसारा।
क्या संध्या तरपन के कीने जो नहिं तत्त विचारा।
मूंड़ मुंड़ाये जटा रखाये क्या तन लाये छारा।
क्या पूजा प्राहन की कीने क्या फल किये अहारा।
बिन परचै साहब होइ बैठे करके विषय व्योपारा।
ज्ञान ध्यान का करम न जाने बाद करे हंकारा।
अगम अथाह महा अति गहरा बीजन खेत निबारा।
महा सोग्यान मगन है बैठे काट करम की छारा।
जिनके सदा अहार अतर में केवल तत्त विचारा।
कहत कबीर सुनो हो गोरख, तरैं सहित परिवारा।

नाथपंथी जोगियों ने क्रुद्ध होकर अपने चिमटे जोर-जोर से खड़खडाने शुरू किए तो कबीर ने उसके क्रोध पर तेल छिड़कते हुए ऊंचे स्वर में गाना शुरू कर दिया –

मन न रंगाये, रंगाये जोगी कपरा।

आसन मारि मंदिर में बैठे

नाम छांड़ि पूजन लागे पथरा।

कनवा फड़ाय जोगी जटवा बढ़ौले

दाढ़ी बढ़ाय जोगी ह्वै गैले बकरा।

जंगल जाय जोगी है धुनिया रमौले
काम जराय जोगी है गैले हिजरा।

मथवा मुंड़ाय जोगी कपड़ा रंगैले
गीता बांचि कै होई गैले लबरा।

कहत कबीर सुनो भई साधो
जम दरवजवां बांधिर जल पकरा।

कबीर के शुभचिंतक भी कम न थे। उस बीच जुलाहों को बस्ती की भीड़ भी जुट आई थी और उस भीड़ ने जोगियों को खदेड़ दिया था, अन्यथा नशे और गुस्से में पागल हुए नाथपंथी जोगियों ने चिमटे मार-मार कर ही कबीर को ढेर कर दिया होता।

मूर्तिपूजकों, अंधविश्वासियों तथा मुल्लाओं आदि के साथ कबीर की झड़पें आए दिन होती ही रहती थीं।

कबीर धर्मांतरण के भी विरोधी थे। एक दिन कबीर एक मस्जिद के सामने से गुज़र रहा था। उसने देखा कि मुल्ला नमाज़ पढ़कर निकला और दलित जाति के लोगों को कलमा पढ़ाने लगा। कबीर ने कटाक्ष किया —

अल्लाह राम जीव तेरी नाईं
जन पर मोहर करहु तुम साईं।
क्या मूंड़ों भीमहिं सिर नाये क्या जल देह नहाए।
खून करे मस्कीन कहावे गुन को रहे छिपाए।
क्या जो उज्जू मज्जन कीने क्या मस्जिद सिर नाए।
हिरदे कपट नेजाव गुजारे का जो मक्का जाए।
हिन्दू एकादशि चौबिस रोजा मुसलिम तीस बनाए।
बाहर मास कहो क्यों टारो ये केहि मास समाए।

अपनी धुन में कबीर

पूरब दिसि में हरि का बासा पच्छिम अलह मुकामा।
दिल में खोज दिले में देखो यहै करीमा रामा।
जो खुदाय मस्जिद में बसतु है और मुलुक केहि केरा।
तीरथ मूरत राम निवासी दुइ महं कितहुं न हेरा।
वेद किताब कीन किन झूठा झूठा जो न विचारे।
सब घट माहिं एक करि लेखे भै दूजा करि मारे।
जेते औरत मर्द उपाने सो सब रूप तुम्हारा।
कबिर पोंगड़ा अलह राम का सो गुरपीर हमारा।

यह पद सुनकर मुल्ला कबीर पर भड़क-भड़क कर बहस करने लगा। कबीर ने फिर से खरी-खरी सुनाई –

दुइ जगदीस कहां ते आए
कहु कौने भरमाया,
अल्ला राम करिम केशव हरि
हजरत नाम धराया।

गहना एक कनक ते गहना
तामें भाव न दूजा,
कहन सुनन को दुई कर घाते
एक नमाज एक पूजा।

वही महादेव वही मुहम्मद
ब्रह्मा आदम कहिए,
कोइ हिन्दू कोइ तुरक कहावे
एक जमीं पर रहिए।

वेद किताब पढ़ें वे कुतबा
वे मौलाना वे पांडे,
बिगत-बिगत के नाम धरायो
एक माटी के भांडे।

कह कबीर ते दोनों भूले
रामहुं किनहुं ना पाया,
वे खसिया, वे गाय कटावें
वादैं जनम गंवाया।

मुल्ला इस्लाम को सच्चा मजहब बताता रहा और कबीर को भी

सच्चा मुसलमान बनकर रहने की सीख देने लगा। इस सीख से खीझकर कबीर ने पूछा –

दर की बात कहो दरवेसा
बादसाह है कौने भेसा।

कहां कूच कहं करे मुकामा
कौन सुरति को करो सलामा,
मैं तोहि पूछो मुसलमाना
लाल जरद का ताना-बाना।

काजी काज करो तुम कैसा
घर घर जबै करावो वैसा,
बकरी मुरगी किन फुरमाया
किसके हुक्म तुम छुरी चलाया।

दरद न जाने पीर कहावे
बैता पढ़-पढ़ जग समझावे,
कह कबीर एक सय्यद कहावे
आप सरीखा जग कबुलावे।

एक बार संत कबीर दास के यहां जोगी आ चढ़े थे, लेकिन एक दिन कबीर स्वयं जोगियों के अखाड़े में जा पहुंचा और उन्हें अपनी बात कह सुनाई –

ऐसा जोग ने देखा भाई,
भूला फिरे लिये गफिलाई।

महादेव का पन्थ चलावै,
ऐसो बड़ो महन्त कहावै।

हाट बाट में लावे नारी,
कच्चे सिद्धन माया प्यारी।
कब दत्ते मावासी तोरी,
कब सुकदेव तोपची जोरी।
कब नारद बन्दूक चलाया,
व्यासदेव कब बम्ब बजाया।
करहिं लड़ाई मति के मन्दा,
ई हैं अतिथि कि तरकस बन्दा।
भए विरक्त लोभ मन ठाना,
सोना पहिर लजावें बाना।
घोरा घोरी कीन्ह कटोरा,
गांव पाय जस चले करोरा।
आसन उड़ये कौन बड़ाई,
जैसे काग चील मंड़राई।
जैसी मिस्त तैसी है नारी,
राजपाट सब गिने उजारी।
जैसे नरक तस चन्दन माना,
जस बाउर तस रहे सयाना।

कबीर पर व्यंग्य कसने वालों की भी कमी न थी। एक बार कबीर साधु-सन्तों की एक टोली में बैठे हुए थे तो किसी ने ताना कस दिया था कबीर पर कि वह मोही है – पत्नी का, बेटे का, घर का; पर बातें करता है माया-मोह छोड़ने की। ताना लग गया था कबीर को – तीर-सा। घर-संसार छोड़कर बलख तक जा पहुंचा था। परन्तु सच्चा

ईश्वर कहीं नहीं मिला। लौट आया घर – एक नए सत्य रूपी सांई को खोजकर कि सांईं यहीं हैं घर में, परिवार में, मेहनत में। ये सब माया नहीं। माया तो वह झूठा मोह था, जो भटकाता रहा – दर-दर, पहाड़ों और बीहड़ों में। घर आकर जब फिर से घर में रम गया तो एक शाम बैठा-बैठा मस्ती में फिर से गुनगुनाने लगा –

तेरा सांईं तुज्झ में
ज्यों पुहुपन में बास।
कस्तूरी का मिरग ज्यों
फिर फिर ढूंढ़े घास।

अब तो संगीत उसका मीत बन चुका था। संगीत के माध्यम से समाज सुधारने का कबीर का ढंग अपना अलग ही था। वह सत्य बात कहने के आदी थे और सच्ची बात हमेशा ही कड़वी होती है, इसलिए उस बात को मधुर कविता के माध्यम से कह जाते थे। एक दिन अपनी खड्डी पर ताना कसते हुए तान छेड़ बैठा –

मोको कहां ढूंढ़त बन्दे
मैं तेरे पास में।
ना मैं बकरी ना मैं भेड़ी
ना मैं छुरी गंडास में।
नहीं खाल में नहीं पूंछ में
ना हड्डी ना मांस में।
ना मैं देवल ना मैं मस्जिद
ना काबे कैलास में।
ना तो कौनो क्रिया करम में

नहीं जोग बैराग में।
खोजी होय तो तुरतै मिलि हौं
पलभर की तालास में।
मैं तो रहौं सहर के बाहर
मेरी पुरी मवास में।
कहैं कबीर सुनो भई साधो
सब सांसों की सांस में।

कबीर का ज्ञान निरंतर बढ़ता जा रहा था। आत्म चिंतन ने उसे सच्चा फकीर बना दिया था। इसलिए एक बार तो बड़ी ही दूर की कौड़ी खोज लाया था कि जब ब्रह्म को त्यागे बिना जग को त्यागने का प्रश्न ही कैसे उठ सकता है! उन्होंने स्पष्ट कह दिया था –

ब्रह्महि ते जग ऊपजा
कहत सयाने लोग।
ताहि ब्रह्म के त्याग बिन
जगत न त्यागन जोग।
ब्रह्म जगत का बीज है
जो नहिं साको त्याग।
जगत ब्रह्म में लीन है
कहहु कौन बैराग।
नेति नेति जेहि वेद कहि
जहां न मन ठहराया।
बिन देखे वह देस की

बात कहे सो कूर।
आपै खारी खात हो
बेचत फिर कपूर।

कहते हैं कि कबीर अनपढ़ थे, लेकिन वेदपाठी रामानंद को गुरु बनाना जगप्रसिद्ध बात है। इसके अलावा पीताम्बर पीर की शिक्षाओं से भी वे प्रभावित रहे हैं। बिना गुरु के ज्ञान संभव नहीं। 'गुरु ग्रंथ साहब' में एक पद इस प्रकार है –

हज्ज हमारा गोमती तीर
जहां बसहिं पीताम्बर पीर,
वाहु वाहु क्या गावता है
हरि का नाम मेरे मन भावता है।

नारद-सारद करहिं खवासी
पास बैठी विधी कमला दासी,
कंठे माला जिहवा राम
सहस नाम ले ले करो सलाम।

कहत कबीर राम गुन गावो
हिन्दू तुरक दौऊ समझावो।

इस पद के पीताम्बर पीर नामक व्यक्ति भी कबीर के प्रेरणादायक लगते हैं। जन्म से वह हिन्दू थे। लेकिन अपने विश्वासों के कारण पीर कहे गए, वह बहुत अच्छे गायक थे। खवासी करने वाले नारद और शारदा जैसे व्यक्ति कबीर के संसर्ग में रहे हैं तथा दासियां कमला सरीखी थी, कंठ में माला पहनते थे। जैसी कि कबीर पंथी आज भी पहनते हैं। मुख से हमेशा राम नाम निकलता था, जिसका महत्त्व सदा कबीर

गाता रहा। हरि के हजार नाम लेकर लोग उन्हें सलाम करते थे। वह राम का गुणगान करके हिन्दुओं और मुसलमानों को एक साथ समझाते थे। पीताम्बर पीर के यहां हो आने पर कबीर को ऐसे लगता था जैसे वह हज कर आए हों। कबीर भले ही पढ़ा-लिखा नहीं था, पर उसे ज्ञान बहुत था। बिना ज्ञान के ऐसी कविताएं नहीं लिखी जा सकती थीं। और यह ज्ञान उसे अपने गुरु से मिला। जीवन के अनुभवों तथा अपनी सोच-समझ और तर्कबुद्धि ने इस ज्ञान को मांजा था।

कबीर के बाद जो उसके नाम पर ग्रंथ चला वह उसके चेलों ने ही चलाया। कबीर की मृत्यु के बाद उसके पुत्र कमाल से चेलों-चपाटों ने ही ऐसा आग्रह किया। पर कमाल द्वारा पंथ की स्थापना करने से इनकार कर देने पर किसी नाराज चेले ने कबीर ग्रंथावली में यह पंक्ति जोड़ दी –

'बूड़ा बंस कबीर का,
जो उपजा पूत कमाल का।'

कबीर तो इस प्रकार के पंथों, मठों आदि के कितने विरुद्ध थे, उसका प्रमाण उसी के ये शब्द हैं –

फूटी आंख विवेक की
लखे न सन्त असन्त,
जाके संग दस बीस हैं
ताका नाम महन्त।

संत कबीर का ज्ञान निरंतर बढ़ता जा रहा था, इसलिए उनके विरोधियों और समर्थकों की तादाद भी बढ़ती जा रही थी। लेकिन वे सच्ची बात कहने से कभी भी पीछे नहीं हटते थे और न ही किसी से डरते थे।[3]

कबीर के राम

कबीर के राम तो अगम हैं और संसार के कण-कण में विराजते हैं। कबीर के राम इस्लाम के एकेश्वरवादी, एकसत्तावादी खुदा भी नहीं हैं। इस्लाम में खुदा या अल्लाह को समस्त जगत एवं जीवों से भिन्न एवं परम समर्थ माना जाता है। पर कबीर के राम परम समर्थ भले हों, लेकिन समस्त जीवों और जगत से भिन्न तो कदापि नहीं हैं। बल्कि इसके विपरीत वे तो सबमें व्याप्त रहने वाले रमता राम हैं।

वह कहते हैं –

व्यापक ब्रह्म सबनिमैं एकै, को पंडित को जोगी।
रावण-राव कवनसूं कवन वेद को रोगी।

कबीर राम की किसी खास रूपाकृति की कल्पना नहीं करते, क्योंकि रूपाकृति की कल्पना करते ही राम किसी खास ढाँचे (फ्रेम) में बँध जाते, जो कबीर को किसी भी हालत में मंजूर नहीं। कबीर राम की अवधारणा को एक भिन्न और व्यापक स्वरूप देना चाहते थे। इसके कुछ विशेष कारण थे। किन्तु इसके बावजूद कबीर राम के साथ एक व्यक्तिगत पारिवारिक किस्म का संबंध जरूर स्थापित करते हैं। राम के साथ उनका प्रेम उनकी अलौकिक और महिमाशाली सत्ता को एक क्षण भी भुलाए बगैर सहज प्रेमपरक मानवीय संबंधों के धरातल पर

प्रतिष्ठित है। कबीर नाम में विश्वास रखते हैं, रूप में नहीं। हालाँकि भक्ति-संवेदना के सिद्धांतों में यह बात सामान्य रूप से प्रतिष्ठित है कि 'नाम रूप से बढ़कर है', लेकिन कबीर ने इस सामान्य सिद्धांत का क्रांतिधर्मी उपयोग किया। कबीर ने राम-नाम के साथ लोकमानस में शताब्दियों से रचे-बसे संश्लिष्ट भावों को उदात्त एवं व्यापक स्वरूप देकर उसे पुराण-प्रतिपादित ब्राह्मणवादी विचारधारा के खाँचे में बाँधे जाने से रोकने की कोशिश की।

कबीर के राम निर्गुण-सगुण के भेद से परे हैं। दरअसल उन्होंने अपने राम को शास्त्र-प्रतिपादित अवतारी, सगुण, वर्चस्वशील वर्णाश्रम व्यवस्था के संरक्षक राम से अलग करने के लिए ही 'निर्गुण राम' शब्द का प्रयोग किया 'निर्गुण राम जपहु रे भाई।' इस 'निर्गुण' शब्द को लेकर भ्रम में पड़ने की जरूरत नहीं। कबीर का आशय इस शब्द से सिर्फ इतना है कि ईश्वर को किसी नाम, रूप, गुण, काल आदि की सीमाओं में बाँधा नहीं जा सकता। जो सारी सीमाओं से परे हैं और फिर भी सर्वत्र हैं, वही कबीर के निर्गुण राम हैं। इसे उन्होंने 'रमता राम' नाम दिया है। अपने राम को निर्गुण विशेषण देने के बावजूद कबीर उनके साथ मानवीय प्रेम संबंधों की तरह के रिश्ते की बात करते हैं। कभी वह राम को माधुर्य भाव से अपना प्रेमी या पति मान लेते हैं, तो कभी दास्य भाव से स्वामी। कभी-कभी वह राम को वात्सल्य मूर्ति के रूप में माँ मान लेते हैं और खुद को उनका पुत्र। निर्गुण-निराकार ब्रह्म के साथ भी इस तरह का सरस, सहज, मानवीय प्रेम कबीर की भक्ति की विलक्षणता है। यह दुविधा और समस्या दूसरों को भले हो सकती है कि जिस राम के साथ संत कबीर इतने अनन्य, मानवीय संबंधपरक प्रेम करते हों, वह भला निर्गुण कैसे हो सकते हैं, पर खुद कबीर के लिए यह समस्या नहीं है।

वह राम को सृष्टि का रचनाकार तो मानते हैं, लेकिन अवतारवाद को स्वीकार नहीं करते। कहते भी हैं –

संतौ, धोखा कासूं कहिये।
गुनमैं निरगुन, निरगुनमैं गुन,
बाट छांड़ि क्यूं बहिसे! नहीं है।

प्रोफेसर महावीर जैन ने कबीर के राम एवं कबीर की साधना के संबंध में अपने विचार व्यक्त करते हुए कहा है कि कबीर का सारा जीवन सत्य की खोज तथा असत्य के खंडन में व्यतीत हुआ। कबीर की साधना 'मानने से नहीं, जानने से' आरम्भ होती है। वे किसी के शिष्य नहीं, रामानन्द द्वारा चेताये हुए चेला हैं। उनके लिए राम रूप नहीं है, दशरथी राम नहीं है, उनके राम तो नाम साधना के प्रतीक हैं। उनके राम किसी सम्प्रदाय, जाति या देश की सीमाओं में कैद नहीं है। प्रकृति के कण-कण में, अंग-अंग में रमण करने पर भी जिसे अनंग स्पर्श नहीं कर सकता, वे अलख, अविनाशी, परम तत्व ही राम हैं। उनके राम मनुष्य और मनुष्य के बीच किसी भेद-भाव के कारक नहीं हैं। वे तो प्रेम तत्व के प्रतीक हैं।[4]

कबीर की मृत्यु

एक हाथ में तलवार व दूसरे में कुरान लेकर दिल्ली का शहंशाह सिकन्दर लोदी जेहाद के लिए भारत में जगह-जगह कत्लेआम मचा रहा था। उन दिनों उसने काशी में गदर मचाया हुआ था।

उस दिन काशी नगरी में सिकन्दर लोदी का दरबार लगा हुआ था। मुल्लाओं ने मिलकर लोदी से शिकायत पेश की थी कि काशी का एक मुसलमान जुलाहा कबीर बड़े जोर-शोर के साथ इस्लाम के विरुद्ध प्रचार कर रहा है और इस तरह प्रजा को भड़का रहा है। काज़ी ने लोदी से हुक्मनामा लेकर कबीर को गिरफ्तार करवा लिया था। आज उसकी दरबार में पेशी थी।

व्यक्ति बूढ़ा होता है, पर सत्य हमेशा जवान रहता है। कबीर की उम्र छियानबे वर्ष की हो चुकी थी। दुबला-पतला शरीर बुढ़ापे ने जर्जर बना डाला था। उसके दोनों हाथों में हथकड़ियां पड़ी हुई थीं। सूखे सफेद बाल, चेहरे पर झुर्रियां... झुर्रियों में से झांकती चुंधियाई आंखें... लेकिन उन चुंधियाई आंखों में सत्य की चमक। भले ही वह खड़ा किया गया था अपराधी की स्थिति में और हाथ बांध दिए गए थे उसके। परन्तु उसकी आंखों की वह चमक तनकर सीधी चौंध फेंक रही थी ऊंचे सिंहासन पर तने बैठे सिकन्दर लोदी की क्रोध से तमतमा रही गोल-गोल दोनों आंखों में।

क़ैदी कबीर राम-नाम जपते हुए

"तो इसी वृद्ध जुलाहे का नाम कबीर है?" लोदी ने काज़ी से कड़क के साथ पूछा था।

"हां, जहांपनाह!" काज़ी ने अदब से खड़े होकर तथा झुककर बताया था।

"इसका गुनाह?"

"शहंशाह, यह जुलाहा रियाया को भड़काता फिरता है – इस्लाम के खिलाफ़ मुसलमानों के खिलाफ़, मुल्लाओं के खिलाफ़, कुरान पाक के खिलाफ़, मस्जिदों के खिलाफ़, रोज़े-नमाज़ के ख़िलाफ़। कहता है, नमाज़ ढोंग है; मुसलमान गौहत्या करते हैं। दिन को रोज़ा रखते हैं,

राम को गऊ का मांस खाते हैं। इस तरह से पहले तो बन्दगी करते हैं फिर खून करते हैं। यह हर तरह के कुफ्र कहता फिरता है। शरीअत के मुताबिक यह काफिर है।"

"ठीक है।" इसके बाद सिकन्दर लोदी ने कबीर से पूछा, "क्या तुम अपना जुर्म कुबूल करते हो कि तुमने यह सब कह-कहकर रियाया को भड़काने की कोशिश की है और कुरान पाक की तौहीन की है?"

"मैंने न किसी को भड़काया है, न किसी की तौहीन की है।" कबीर बोला, "जो मुझे सच लगा है वही कहा है। चाहे वह मुसलमानों के बारे में हो, चाहे हिन्दुओं के। इसीलिए तो मैं कहता फिरता हूं –

"अरे इन दोउन राह न पाई।
हिन्दू अपनी करें बड़ाई
गागर छुअन न देई।
वेस्या के पायन तर सोवें
यह देखो हिन्दुआई।
मुसलमान के पीर औलिया
मुरगी मुरगा खाई।
खाला केरी बेटी ब्याहें
घरहि में करें सगाई।
बाहर से इक मुर्दा लाए
धोए-धाय चढ़वाई।
सब सखियां मिलिजेंवन बैठीं
घर भर करें बड़ाई।
हिन्दुअन की हिन्दुआई देखी

तुरकन की तुरकाई।
कहे कबीर सुनो भई साधो
कौन राह है जाई।"

"तो क्या तू इस्लाम की बुराई करके हज़रत मुहम्मद साहब पर दोष नहीं मढ़ रहा?" सिकन्दर लोदी ने सवाल किया।

"मैं किसी पर भी दोष नहीं मढ़ता, मैं तो हमेशा सत्य ही कहता हूं। लोगों में सत्य सुनने की हिम्मत होनी चाहिए, लेकिन आजकल सत्य को सुनने की हिम्मत लोगों में नहीं रही है।" इसके बाद कबीर ने धीरे से कविता में बात पूरी की –

"न जाने तेरा साहब कैसा।
मस्जिद भीतर मुल्ला पुकारे
क्या साहब तेरा बहरा है।
चिऊंटी के पग नेवर बाजे
सो भी साहब सुनता है।"

फिर आगे बोला, "मैं तो हिन्दुओं से भी यही कहता हूं –

पंडित होय के आसन मारे
लम्बी माला जपता है।
अप्तर तेरे कपट कतरनी
सो भी साहब लखता है।
ऊंचा-नीचा महल बनाया
गहरी नींव जमाता है।
चलने का मनसूबा नाहीं

सिकन्दर के दरबार में क़ैदी कबीर

रहने को मन करता है।
कौड़ी-कौड़ी माया जोड़ी
गाड़ ज़मीं में धरता है।
जेहि लेना है सो ले जैहै
पापी बहि बहि मरता है।
सतवन्ती को गजी मिले नहिं
वेस्या पहिरे खासा है।
जेहि घर साध भीख न पावै
भड़ुआ खात बतासा है।"

"कबीर तेरी बातों से तो हमें शक होने लगा है कि तू मुसलमान

है भी कि नहीं। सच बता, तेरे मां-बाप कौन थे? असल में तेरे को इस धरा पर लेकर कौन आया?"

"नीमा और नीरू मेरे माता-पिता हैं, जो बलात् मुसलमान बनाये गये थे। लेकिन मैं न मुसलमान हूं, न हिन्दू, सिर्फ इंसान हूं, साधु हूं –

जाति न पूछो साध की
पूछ लीजिए ज्ञान।
मोल करो तलवार का
पड़ा रहन दो म्यान।

साधु भूखा भाव का
धन का भूखा नाहिं।

धन को भूखा जो फिरै
सो तो साधु नाहिं।

"इसीलिए मैं धरम-करम के पाखंडों को नहीं मानता। मुझे कोई लालच नहीं है इसलिए मैं ढोंग नहीं रचता।"

"साधु होकर धरम-करम नहीं मानता? कैसा धरम है तेरा? हो क्या तुम आख़िर? किस पंथ के साथ हो?" सिकन्दर लोदी ने पूछा।

"ना मैं धरमी नाहिं अधरमी
ना मैं जती न कामी हो।

ना मैं कहता ना मैं सुनता
ना मैं सेवक, स्वामी हो।

ना मैं बंधा, ना मैं मुक्ता
ना निरबन्ध सरबंगी हो।
ना काहू से न्यारा हुआ

ना काहू को संगी हो।

ना हम नरक लोक को जाते

ना हम सरग सिधारे हो।

सब ही कर्म हमारा कीया,

हम कर्मन ते न्यारे हो।"

सबकी नज़रें कबीर पर टिकी थी। काज़ी ने उठकर कहा, "शहंशाह, यह बागी है। देख लीजिए, इसकी बातों से बगावत की बू आ रही है।"

तभी पीछे से कबीर की पत्नी लोई आगे आकर कहने लगी, "यह बागी नहीं है। सच ही कह रहे हैं कि यह सबसे अलग है।"

लोदी गरजा, "कौन है यह औरत?"

काज़ी ने बताया, "हुजूर, यह इस बागी की बीवी है।"

सिकन्दर लोदी ने आंखें तरेरकर कबीर और लोई की ओर देखते हुए कहा, "बगावत की सज़ा जानते हो? रियाया में पाक मज़हब के खिलाफ़ नफरत की आग फैलाने के अलावा तुम हुकूमत के खिलाफ़ भी नफरत फैलाने की हिमाकत कर रहे हो। तुम जानते हो इस गुनाह का नतीजा?"

"खूब जानता हूं।" कबीर ने गम्भीर स्वर में कहा, "लेकिन मैं यह भी जानता हूं कि मैं किसी से नफरत नहीं करता। न मैं घृणा फैला रहा हूं। मैं तो अगर कुछ फैला रहा हूं तो केवल प्रेम। लेकिन मैं देख रहा हूं कि प्रेम न हिन्दू धर्म सिखा रहा है, न इस्लाम। हिन्दुओं ने वर्ण बनाकर इंसानों के बीच नफरत की दरारें डाली हुई हैं और मुसलमान आज इस्लाम के नाम पर इंसानों के ऊपर जुल्म ढा रहे हैं। क्या पंडित और क्या मुल्ला-काज़ी, सबके सब अपने-अपने तौर पर लोगों को लूट

रहे हैं हर तरफ ढोंग-ही-ढोंग दिखाई दे रहा है, मुझे तो प्रेम कहीं नहीं नजर आता। और किसी को इतनी फुरसत नहीं कि प्रेम का रस पी सके। अपनी-अपनी डफली पर अपना-अपना स्वार्थ का राग गाने में मस्त है हर कोई। कोई नहीं सुन पर रहा प्रेम-रूपी सत्य के उस अनहद नाद को। किसी भी किताब को देख लें, चाहे वेद हो या कुरान, सभी प्रेम को ही ईश्वर का प्रसाद बताते हैं। प्रेम से बड़ा कोई पंथ नहीं। मैं साफ कहता हूं –

बकरी पाती खात है
ताकी काढ़ी खाल।

जो बकरी को खात है
ताको कौन हवाल।

दिन को रोज़ा रहत है
रात हनत हैं गाय।

यह तो खून वह बन्दगी
कह क्यों खुसी खुदाय।

खुस खाना है खीचरी,
माहि परा टुक नौन।

मांस पराया खाय कर
गरा कटावे कौन!"

"यह काफ़िर है।" काज़ी ने कहा, "हुजूर, क्या यह हिन्दुओं जैसी बात नहीं कह रहा?"

कबीर ने उत्तर दिया, "किसी बेकुसूर की जान लेने की बात करना ही अगर हिन्दुओं वाली बात करना है काज़ी साहब, तो मैं माने लेता हूं,

यह हिन्दुओं जैसी बात है। लेकिन इस काम में हिन्दू भी थोड़े ही कम हैं। वे भले ही गऊ को नहीं मारते, लेकिन बाकी तो बेकुसूर-बेजुबान जानवरों को वे भी मार खाते हैं। मैं तो हर उस आदमी को बुरा कहता हूं जो दूसरों को खाता है या दूसरों का खाता है। मुल्ला हों या पंडित, सबके-सब भोले-भाले लोगों को रूढ़ियों के जंजाल में जकड़कर उन्हें चूस रहे हैं। दूसरों के माल पर मौज उड़ा रहे हैं। ढोंगी हैं, चोर हैं, लुटेरे हैं और यह सारी-की-सारी लूट मचाई जाती है मज़हब के नाम पर। मज़हब चाहे कोई भी हो, इससे कुछ फर्क नहीं पड़ता। लूटने का ढंग बदल जाता है। इसलिए मज़हब की नहीं मानव बनने की जरूरत है।"

कबीर की नसीहत पर सिकन्दर लोदी क्रोधी शेर की तरह दहाड़ पड़ा "बस, बस, बहुत हो चुकी तेरी बकवास काफ़िर! तू खुद मान रहा है कि तू काफ़िर है। इसलिए हम तुझे मौत की सज़ा देते हैं।" फिर काज़ी की तरफ मुंह करके हुक्म दे दिया, "इस काफ़िर जुलाहे को मस्त हाथी के पैरों तले रौंद डालो।"

"कहते हैं कि मरने वाले की अंतिम इच्छा तो खुदा भी पूरी कर देते हैं।" कबीर ने कहा।

"क्या इच्छा है तुम्हारी काफ़िर?" लोदी ने पूछा।

"मुझे मौत की सज़ा मगहर में दी जाए।"

"क्यों?"

"क्योंकि मगहर के बारे में मान्यता है कि वहां मरने वाले को दोजख मिलता है, जब कि काशी में मरने वाले को जन्नत मिलती है।"

"क्या तुम जन्नत में नहीं जाना चाहते?"

कबीर ने मुस्कुराते हुए कहा –

"का काशी मगहर असर, हृदय राम बस मोरा
जो काशी तन तजै कबीरा, रामहि कौन निहोरा।

यानी जब राम मेरे हृदय में हैं, तो मेरे लिए क्या मगहर। सब एक समान हैं।" जंजीरों में जकड़कर कबीर को मगहर लाया गया। वहां लाते ही जब शहंशाह के हुक्म के अनुसार कबीर को मस्त हाथी के पैरों तले रौंदा जाने लगा, तब लोई पछाड़ खाकर पति के पैरों पर गिर पड़ी। पुत्र कमाल भी पिता से लिपटकर रोने लगा। लेकिन कबीर तनिक भी विचलित नहीं हुआ। आंखों में वही चमक बनी रही। चेहरे की झुर्रियों में भय का कोई चिह्न नहीं उभरा। एकदम शान्त-गम्भीर वाणी में शहंशाह को सम्बोधित हो कहने लगा –

"माली आवत देखिकर
कलियन करी पुकार।
फूले फूले चुन लिए
काल्हि हमारी बार।"

और फिर इतना कहते ही हलके से मुस्कुरा दिया। कबीर आगे बोला, "मुझे तो मरना ही था; आज नहीं मरता तो कल मरता। लेकिन सुलतान कब तक इस गफलत में भरमाए पड़े रह सकेंगे, कब तक फूले-फूले फिरेंगे कि वह नहीं मरेंगे?"

कबीर के जन्म की तरह ही मृत्यु को लेकर भी अनेक किंवदन्तियां प्रचलित हैं, परन्तु साहित्य तथा इतिहास सम्बन्धी शोधों के आधार पर जो तथ्य प्रमाणित होते हैं, वे यही सिद्ध करते हैं कि कबीर को मौत की सज़ा मिली थी। संवत् 1551 अर्थात सन् 1494 के आसपास, जब सिकन्दर लोदी काशी आया, वह इसकी मौत का कारण बना।

कबीर को जिस समय हाथी के पैरों तले कुचलवाया जा रहा था,

कबीर को हाथी के पैरों तले कुचलवाया जाना

उस समय उनका एक शिष्य भी वहां मौजूद था, जिसने बाद में यह पद लिखा –

अहो मेरे गोविन्द तुम्हारा जोर
काज़ी बकिवा हस्ती तोर।
बांधि भुजा भलैं करि डार्‌यो
हस्ति कोपि मूंड में मार्‌यो।
भाग्यो हस्ती चीसां मारी
वा मूरत की मैं बलिहारी।
महावत तोकूं मारौं सांटी
इसहि मराऊं घालौं काटी।

हस्ती न तोरे धरे धियान
वाकै हिरदै बसे भगवान।
कहा अपराध सन्त हौ कीन्हा
बांधि पोट कुंजर कूं दीन्हा।
कुंजर पोट बहु बन्दन करै
अजहु न सूझे काज़ी अंधरै।
तीन बेर पतियारा लीन्हा
मन कठोर अजहूं न पतीना।
कहै कबीर हमारे गोब्यन्द
चौथे पद में जन का ज्यन्द।[5]

अर्थात 'हे गोविन्द! आपकी शक्ति की बलिहारी जाऊं। काज़ी ने आपको (कबीर को) हाथी से तुड़वाने का आदेश दिया। कबीर की भुजाएं अच्छी तरह से बांधकर डाल दिया गया। महावत ने हाथी को क्रोधित करने के लिए उसके सिर पर चोट मारी। हाथी चिंघाड़कर दूसरी ओर भाग चला। उस प्रकार भागते हुए हाथी की मूरत पर मैं बलिहारी जाऊं। हाथी को भागता देख काज़ी ने महावत से कहा कि मैं तुझे छड़ी से पीटूंगा और इस हाथी को कटवा डालूंगा। लेकिन हाथी तो उस समय भगवान के ध्यान में मस्त था। लोग भी कहने लगे कि इस सन्त ने क्या अपराध किया है। जो इसका गट्ठर सा बांधकर हाथी के सामने डाल दिया गया है। लेकिन हाथी बार-बार उस गट्ठर की वन्दना करने लगा। पर अज्ञान से अन्धे हुए काज़ी को यह देखकर भी कुछ सुझाई न दिया। तीन बार उसने परीक्षा ली, परन्तु कठोर मनवाले काज़ी को अब भी विश्वास न हुआ। कबीर मन में कहने लगे कि गोविन्द तो

हमारे हैं, मैं जन का ज़िन्दा पीर हूं तथा मैंने चौथी बार चौथे पद (मोक्ष) को प्राप्त कर लिया।'

ऊपर दिया पद नागरी प्रचारिणी सभा की 'कबीर ग्रंथावली' में तो है ही, साथ ही 'गुरु ग्रंथ साहब' में भी मिलता है। कबीर की मौत के बाद उनके अंतिम संस्कार के लिए कोई आगे नहीं आया। कहते हैं कि उन्हें जंगल में फेंक दिया गया। लेकिन इसके विपरीत कबीर साधक मानते हैं कि वे स्वेच्छा से अपनी मौत मरे थे और उनका शरीर पुष्पों में बदल गया था। जिस महात्मा ने जीवन-भर अंधविश्वासों का विरोध किया, उनके खुद के जीवन के साथ भी अंधविश्वासपूर्ण बातें, किंवदन्तियां प्रचलित हो गईं, जो आज के वैज्ञानिक युग में तर्क संगत नहीं ठहर सकती। अतः कबीर के जीवन पर गहन अनुसंधान की जरूरत है, क्योंकि उन जैसा महापुरुष कोई साधारण पुरुष नहीं हो सकता।

•••

संदर्भ ग्रंथ

1. ज्ञान गंगा – संत रामपाल जी महाराज, सतलोक आश्रम, हिसार (हरियाणा)
2. कबीर और उनके अवतार – अवधूत, घीसा संत आश्रम, हरिद्वार
3. कबीर : परिचय एवं रचनाएं – सुदर्शन चोपड़ा, हिन्द पॉकेट बुक्स
4. कबीर की साधना – महावीर सरन जैन, केन्द्रीय हिन्दी संस्थान
5. कबीर ग्रंथावली – नागरी प्रचारिणी सभा

प्रश्नोत्तरी

1. कबीर के माता-पिता का क्या नाम था?

(अ) नीरु व नीमा (ब) राम व सीता

(स) हरि व नरी (द) कुन्ती व कवि

2. कबीर किस तालाब में मिले थे?

(अ) कहर तारा (ब) लहर तारा

(स) प्रल्ला (द) जल तारा

3. कबीर कहां लेटे थे?

(अ) अपने घर (ब) जमुना के घर पर

(स) पड़ोसी के घर (द) पंचगंगा की पौड़ियों पर

4. कबीर ने किसे गुरु बनाया?

(अ) दयानंद को (ब) कृष्ण को

(स) रामानंद को (द) राम को

5. कबीर किस पर व्यंग्य कसते थे ?

(अ) भीखमंगों पर (ब) भगवान पर

(स) राजा पर (द) ग़रीबों पर

6. कबीर क्या काम करते थे?

(अ) कपड़ा बुनते थे (ब) चप्पल बनाते थे

(स) खेती करते थे (द) बेरोजगार थे

7. कबीर ने शास्त्रार्थ में किसको हराया?

(अ) सर्वानंद को (ब) दयानंद को

(स) रामानंद को (द) श्यामानंद को

8. कबीर की भक्त सर्वानंद की मां का क्या नाम था?

(अ) नीरा (ब) मीरा

(स) सीता (द) शारदा

9. कबीर को मृत्युदंड किसने दिया?

(अ) अकबर ने (ब) सिकन्दर लोदी ने

(स) औरंगजेब ने (द) अंग्रेज़ों ने

10. कबीर ने कहां मरने की इच्छा व्यक्त की?

(अ) मगहर में (ब) काशी में

(स) दिल्ली में (द) हैदराबाद में

उत्तर

1. अ 2. ब 3. द 4. स 5. अ 6. अ 7. अ 8. द 9. ब 10. अ